# 语言群岛图

命令式岛

不定式岛

发生海?
的海滩

虚拟式岛

词语商店

市政厅

词语市场

例外办?

医院

词语城

欢迎登录 http://www.erik-orsenna.com
来到奥瑟纳的语言群岛

我愿意带着学生及其家长和老师，带着所有爱好语言和文字的人，在温柔的语法、刺人的音符、奇幻的语态和起舞的标点当中，探索语言王国的奥秘。

——埃里克·奥瑟纳

屋村

利先生的家

词语命名者的小屋

最重要的工厂

# 音符大逃亡

（法）埃里克·奥瑟纳 著　彭怡 译

**La Révolte des accents**
Erik Orsenna

海天出版社（中国·深圳）

图书在版编目（CIP）数据

音符大逃亡 /（法）奥瑟纳著；彭怡译. —深圳：海天出版社，2015.9
（语言群岛探秘）
ISBN 978-7-5507-1441-0

Ⅰ.①音… Ⅱ.①奥…②彭… Ⅲ.①中篇小说—法国—现代 Ⅳ.①I565.45

中国版本图书馆CIP数据核字(2015)第187072号

版权登记号　图字 19-2013-175 号

La révolte des accents
Erik Orsenna
© Éditions Stock, 2007

## 音符大逃亡
YINFU DA TAOWANG

| 出 品 人 | 聂雄前 |
| 责任编辑 | 胡小跃 |
| 责任校对 | 陈少扬 |
| 责任技编 | 蔡梅琴 |
| 封面设计 | 蒙丹广告 |

| 出版发行 | 海天出版社 |
| 地　　址 | 深圳市彩田南路海天综合大厦　(518033) |
| 网　　址 | www.htph.com.cn |
| 订购电话 | 0755-83460293(批发)　83460293(邮购) |
| 设计制作 | 深圳市龙墨文化传播有限公司（电话：0755-83461000） |
| 印　　刷 | 深圳市希望印务有限公司 |
| 开　　本 | 889mm×1194mm　1/32 |
| 印　　张 | 5 |
| 字　　数 | 65千 |
| 版　　次 | 2015年9月第1版 |
| 印　　次 | 2015年9月第1次 |
| 定　　价 | 23.00元 |

海天版图书版权所有，侵权必究。
海天版图书凡有印装质量问题，请随时向承印厂调换。

献给港口的船长樊尚·卡尔梅特

# 第 1 章

> **寻找亮眼**
> **看海**

跟大家一样，我也在找暑期工。当然，报酬（很）少。但（如果可能的话），不要（太）让人恶心。对了，你知道 rébarbatif（让人恶心）这个词，意思是"让人不开心"、"讨厌"，来自古法语 se rebarber（面对面对抗）吗？

我被淹没在人群中。如果这样走来走去，我们永远也到不了印度，因为我的这个故事将把我们带到印度，除非它偏离航线。这种故事，天知道是不是真的！故事就像火车，或者像爱情:谁能控制得了它呢?

于是,我在面包店里,在巧克力、杏仁奶油和热乎乎的羊角面包诱人的香味中,查看起小广告来。那里汇集了所有招工信息,用图钉钉在木板上。七八月,当你的朋友在沙滩上玩,你却要去干这些让人烦死的工作:给双胞胎(保证是好学生)当保姆、超市售货员(水族或照明器具类)、洗发工(必须短指甲)、剪草机国际大沙龙迎宾小姐(包培训)……

可以说,我一看见"寻找亮眼"的广告,就把那张小卡片扯了下来。这份工作就是为我这种好奇心强的人而设的。那些发现我抢了这份工作的男男女女活该倒霉。我跑到广告上所写的地址:拉佩罗斯海堤路3号,船长室。

\*
\* \*

我前面已经有许多人,有跟我同龄的男

孩女孩，也有一些年龄大些的人。竞争非常激烈，大家推来搡去，几乎要打起来。两个警察很难让候选者平静下来。眼镜商卡斯卡韦尔先生走过来，登上一张椅子。

"安静点！否则我就取消这一切。"

叫嚷声低了一些。

"好了。港口的船长需要一名助理。

"可以是女的！

"一个能够看清很远地方的人。"

"女的也可以！"

我忍不住差点要叫出声来。情不自禁。如果他们忘了这世界上还存在着女孩，我会大叫起来。

眼镜商认出我来。

"让娜，大家都知道你到处管闲事。察看，真正的察看，那是另一回事。你准备好了吗？"

回答他的是一个漂亮的"准备好了"。这一

回答声,我敢肯定,响彻了全城,把我们的国家元首从午睡中唤醒,也唤醒了我们迷恋朗姆酒的祖先和睡得最香的大狗。

"好,我在钟楼上悬挂了一块木板,就在钟的下面。谁能看清上面的字?"

竞争者们很快就抗议了:

"太远了!"

"干脆挂在月亮上吧!"

他们激动地皱起眉头,额头上出现了一道道皱纹。

"不可能看清!"

"太不人道了!"

他们越说越气愤,咆哮着,差点就要诅咒太阳。

"那家伙作弄我们!"

"叫他滚!"

我认出他们当中的某些人:他们有的甚至都不识字。认字对他们来说是最难的。他们说话结结巴巴，胡说八道。

"天边后宫殿闪耀。"

"抹香鲸跳得那么高，都能吞下海鸥。"

"乱讲！"卡斯卡韦尔先生不断这样重复，冷静得很，"风马牛不相及。下一个！"

你们把我当作是一个自以为是的人，但我充满了信心。视力也是一种肌肉，我从小就锻炼。我太喜欢看东西了……好像我在娘胎里的时候就已经睁开了眼睛。我的竞争对手们一个个败下阵来，气呼呼的。有个大个子甚至差点要揍我们的眼镜商。

"我知道你在耍花招，老东西！"

"你说什么？"

"你想把我们当瞎子？卖你的假货去吧！"

警察不得不再次过来保护他。缓过气来之后（卡斯卡韦尔先生又瘦又弱，一阵大风就能把他吹趴下，甚至可能把他刮跑，吹向天空……），他朝我转过身。候选者几乎只剩下我一个人。我用最中性、最不带感情色彩的声音念出了木牌上的那行字：

"它呼吸了！它呼吸了！它的肉峰就像是雪山！是大白鲸！"

我的敌人们大喊：

"太愚蠢了！"

"又是一个胡说八道的人。"

当他们从卡斯卡韦尔先生的微笑中猜到我夺得胜利的时候，他们的语言变得更加恶毒。

"我们早就知道，这场竞争是事先安排好的。"

"是的，让娜作弊！"

"不仅仅是作弊，她还是巫婆！"

卡斯卡韦尔先生摇摇头，我希望没有人听到他的嘀咕声：

"是不是巫婆我不知道，但我们都害怕她的本领……"

我们可爱的眼镜商把报告交给了市政厅。他最后斩钉截铁地说了这么几句话："在我漫长的职业生涯中，我从来没有见过这么厉害的眼睛。"

当晚，我便被任命为助理。一个怪船长的见习助理。

# 第 2 章

第二天上午,卡斯卡韦尔先生把我介绍给我的上司。那是一个像石头一样的男人。一块不能笔直行走的石头,不是左歪,就是右斜。一块又高又大的石头,穿着海员衫,深色长裤,同样深色的衣服上闪耀着无数金色的纽扣。石头的上半截是个人头,一个方形的头颅,可以说是红色的,深深的皱纹如同刀刻,中间开着两个蓝色的洞——那是眼睛。他的手也像是两块石头。我从来没有触碰过如此粗糙的东西,它差点把我掌心的皮都剥下来了。这位先生,他要是抚摸妻子的脸,怎样才能不让她流血?他的声音好像在为自己的粗鲁长相而

道歉。一个怯生生的声音,好像充满了恐惧:

"这么说,全岛视力最好的人就是你?"

"好像是吧!"

我打听过关于他的情况。

费尔南多·朱韦纳尔,外号"舞者",12岁当水手,一步步往上升,一直当了大副。他去过所有的海域,在你能想象得到的所有船上工作过,把所有能卖(或买)的东西从地球的一端运到另一端,有的货物是被允许的,有的是被禁止的,有危险品,也有可怕的东西……一个如此喜欢航行的人,怎么能忍受得了上岸呢?他现在是"港口船长",这一职业应该使他失望才对。

我不知道港口是否也需要船长。我的新上司,也就是那个石块,很乐意向我解释一番。

"什么叫港口,让娜?"

"陆地的一部分,船只航行后会回到这地方。"

"这也是船只出发的地方。港口就是一座城市,居住着一些不常在的人。"

"到现在为止,我都明白你的意思。"

"不常在的人需要一个船长,否则他们就会胡来。你看!"

航道上,有两艘拖网渔船,一艘进港,一艘出港,差点相撞。船员们在互相对骂。拉佩罗斯海堤的市场旁边,帆船扎堆,密密麻麻,都看不见水面了。它们还能开出去吗?

"我就请了一天假,你看看后果。"

"我看见了。"

"好了,别在这上面浪费太多的时间了。"

"我们去哪儿?"

"一个好船长应该会爬高。让娜,你准备好搬家了吗?"

小广告上没有说明这一点。我不喜欢搬重东西……但我还是装出一副开心的样子。

"一切都准备好了,船长,总之,差不多了。"

"别担心，让娜：水手从来不会有太多的行李。"

他向我指了指一个大书包、一张转椅和一个装满旧地图的箱子。转椅的皮面很旧，都已经刮破了。在一个穿着海员衫的水手的帮助下，我们开始前行。那个海员也许是个举重运动员：他举着椅子。很快，几只猫向我们跑来，有十多只。船长像介绍他的朋友一样给我介绍它们。

我的担心很快就得到了证实。我们朝古老的灯塔走去。

"哎，让娜，别这么一副不高兴的样子。是的，是要爬高。可对你这个年龄的人来说，193级台阶算得了什么？"

我负责背大书包。在攀爬的过程中，我无数次觉得自己的心要爆裂了。我做好了最坏的准备，心想报纸上也许会出现这样的标题："第一天工作就死了"。那个举重运动员却没有我这种担心,他一边爬一边震耳欲聋地唱道:"相思病,跑呀跑。"他一定是喜欢那个地方的音响效果。猫跟着我们,就像一长溜毛茸茸的东西,把台阶都围住了。我们终于爬到了塔顶。穿着海员衫的举重运动员已经悠闲地坐在转椅上,在那里等我们。

"你们不需要我了吧?"

他像来的时候那样回去了,只是换了一首歌:"你知道,要当心女孩,她们全都那么漂亮、漂亮!"我们很长时间都能听到他回荡的声音。他的声音好像在回响,撞到了石头上,歌词全都乱了套:"女孩……不像你想象的那样……总有一天,兄弟……漂亮啊漂亮……"

※
※ ※

"我们到家了。"船长说。

"不错啊……可大海在哪儿呢?"

圆形房间的中间有盏落地灯,像一只大昆虫的眼睛,但外面什么都看不见,因为所有的墙都被漆成了滑稽的白色,一种加了灰色的白,一种灰,掺有程度不等的蓝。

"没关系,让娜,我们的海鸟朋友肠胃脆弱,它们差不多被人遗忘了。稍微擦一擦就没有了。"

可以说,我的视力的确不错。我像疯子一样刮啊刮,一直刮到晚上。慢慢地,"墙"露出来了,原来是玻璃窗。没有什么比海鸥,尤其是银鸥和北方塘鹅①的粪便能在玻璃上粘得更牢了!

随着我擦去鸟粪,群岛露出来了,群岛后面,是深蓝色的大洋。

"我得说,这样更好。谢谢,让娜!"

---

① 北方塘鹅,为鲣鸟科大鲣鸟属下的一个种类,又名北鲣鸟或憨鲣鸟,是北大西洋最大的海鸟。

"不客气。您这书包里藏着什么呀?"

"我对你没有秘密可言。"

我打开书包,抓住一根背带似的东西,把它抽了出来。一个黑色的大盒子呻吟着跟着出来。一声撕心裂肺的叹息。我吓得差点让这东西掉到地上。这时,直到这时,我才认出那是一把手风琴。

"为什么是手风琴而不是小号或是小提琴?"

"手风琴是海员最好的朋友。它像风一样呼呼地叫,像滑轮一样嘎吱作响,能让人像海浪一样起舞。我的手风琴叫奥斯卡,它从来没有离开过我。"

"为什么这么小心翼翼地藏着?"

"我们居住在一个吉他的国度,让娜。如果它们知道我用它(他指了指奥斯卡)背叛了它们,它们可什么事情都做得出来。吉他看起来温柔,愤怒起来会暴跳如雷。"

他环顾四周，似乎对我们的安排很满意。

"很好！我们可以开始工作了。"

"那我干什么？"

"警戒。看到海盗就告诉我们。"

"我怎么才能认出他们来呢？海面上有那么多船……"

"那就看你的本领了。察看，仔细察看，有时也需要猜测。"

✹<br>✹　✹

我根本就不相信有什么海盗。

港口的船长们都口是心非，老是说他们喜欢、他们欣赏这种坐着不动的新工作，其实他们还是怀念航行。不管他们住在哪里，他们总能在海上相遇。对于我的上司来说，这座旧灯塔就是航船。我把自己的眼睛借给他，因为他的眼睛已经用坏了——盯着大海盯了太久。

四周都是海天一色，这让他恢复了过去的习惯。他问云今天是否有暴风雨。他穿上救生衣，以防……

为了逗他乐，我不时假装担心，甚至假装害怕：

"喂，我觉得这艘货轮有可疑。"

或者：

"那艘帆船太红了，红得不够诚实。"

做好战斗准备。

那些猫都站起后腿，想看看是什么东西。

※
※ ※

我们在旧灯塔的顶上待了整整一个月。我每天都一个人，陪伴我的是那些猫。我非常渴望它们能跟我讲讲它们的故事。可没办法。我徒劳地抚摸它们的下巴或揪它们的胡子，它们就是不愿意从瞌睡中醒来。没有更好的办法，我只好瞪着火辣辣的眼睛，紧盯着茫茫大海。下面，船长正在城里忙他的事情。每天5点整，我会听见他的脚步声在楼梯上响起。

"有什么新情况吗，让娜？"

"天边没有任何东西出现。"

猫伸着懒腰，一只只醒来了，在费尔南多刚刚坐下的椅子四周围成一圈。他掏出手风琴。

"风从哪儿来，让娜？"

"东和东北，船长，像往常一样。"

"很好，这样吉他就听不到了。"

他开始拉起手风琴。

"我给你讲个秘密，让娜，你可不要告诉别人。音乐可以让人的肉眼看得更清楚、更远。据说，音符会把目光背在肩上，带着它走向远方，走向它想看到的地方。"

我点点头。

"当然，船长！显然是这样，船长！科学很

快就能解释所有这些奇特的现象……"

我很想让自己相信他说的话,他的那些旧梦让我感到那么难过……

一时间,港口的船长费尔南多想起了美好的过去。那时,他指挥着一艘真正的船,航行在非常危险的水域,海盗出没,就像索马里海、马来西亚和苏门答腊岛之间的马六甲海峡一样。

# 第 3 章

"270 度,有艘帆船!"

费尔南多再次沉浸在自己的回忆当中。我是否告诉过你,他用自己生活中的历险——爱情、暴风雨、报酬很高的走私,给每只猫都取了名字?一只叫卡特琳娜,另一只叫鳗鱼

潮,还有一只叫卡拉什尼科夫①……每只猫都有份,他把它们一一抱在膝盖上,叫着它们的名字。

"哎,过来,多巴哥,我们很久没有聊聊加勒比人了。"②

那只猫呜呜叫着,船长很高兴,久久地沉浸于旧日的好时光,在回忆中逆风换抢行驶……

那天,船长在跟他的宠猫之一库页岛③聊天。沙皇在北太平洋那个阴森森的小岛上设立

---

① 米哈伊尔·季莫费耶维奇·卡拉什尼科夫(1919—2013)中将,苏联军人、工程师、枪械设计师,以设计 AK-47 等系列突击步枪而闻名遐迩,被誉为"世界枪王",曾获颁"社会主义人民英雄"的荣誉。不过,他生前曾说,让这款武器成为杀人机器并不是他的本意,过世前也很后悔因发明 AK-47 而害死不少人。
② 多巴哥,大西洋岛屿,位于加勒比海西南部,因出产烟草而得名。加勒比为中美洲地区。
③ 库页岛,俄罗斯联邦最大的岛屿,位于北太平洋。

了苦役犯监狱,他是怎么在那里活下来的呢?

"270度,有艘帆船!"

库页岛及时跳到了地上,费尔南多已经站起来去找奥斯卡。

"看,让娜,我请你好好看看!没有什么比越南的帆船更危险了。"

"我看见了……我看见了……等等……我看见了几个不寻常的海员。"

"我敢肯定是这样。应该发警报!"

"等等……上面有几个女人。"

"诡计!百分之百是诡计!女海盗是最残忍的!"

"一共有两个女人,一个老女人,一个小姑娘。她们穿着长裙,太奇怪了,她们头上好像包着头巾。"

"谁也没有海盗那么狡猾。"

"天哪,那些男人是多么英俊!尤其是那个年轻人,很年轻,笑得多灿烂!他好像穿着中世纪的服装：敞领上衣，齐膝长裤，白色的袜子，在阳光下显得格外耀眼。天哪，他的腿肚子多么漂亮，我总是喜欢腿肚子！我可以问您一个问题吗？"

"可以，让娜，不过要快，情况很紧急。"

"那些服装，另一个时代的服装……有些船只……"

"问你的问题，让娜，你的问题！"

"这艘船是不是来自远古？"

"是这样，过去留在我们的脑海之中，并不是一个大陆。"

"那么，如果他们不是海盗……"

"他们是……演员！"

船长的这话可引起了震动。

那些猫马上就生气地呜呜叫起来，竖起毛发，有的甚至还发出了咆哮。傻瓜都能猜到它们是妒忌了。怎么斗得过剧团呢？如果剧团上了岛，猫就没用了……奥斯卡也如此，被抛弃在地上，似乎非常失望。

费尔南多再也忍不住了，他跳到平台上，大声喊叫，手舞足蹈。

下面的港口上，大家都在寻思，这些喊叫声是从哪里来的。谁都没想到抬起头。现在，全城人都在奔跑。我的上司已经戴上帽子，想显得更加威严：

"快，来了一艘帆船！让那个自命不凡的胖明星给我走人！当然是在儒勒－凡尔纳海堤路，泊锚圈25号，荣誉广场！快，今晚，有庆典！"

✳
✳ ✳

"你在干什么，让娜？"

"船长，我跟你一起下去。去迎接那艘帆船。"

"你忘了自己的任务，让娜？"

"你知道得很清楚,我们是在开自己的玩笑,自己吓自己:海盗早就灭绝了!"

"我所知道的是,不幸往往选择庆典潜入某个城市。"

"求求您了,船长,放我去欢迎他们吧!时间不会很长!我一直梦想当演员!"

"那就继续做梦吧!如果你想当演员,真的想,而不是稀里糊涂地梦想,那你已经是演员了。"

船长把我孤零零地扔在那儿,与那盏熄灭了的灯、奥斯卡和那些妒忌的猫为伴。他应该已经给它们下达了命令。它们都恶狠狠地看着我,聚集在楼梯前面。我无法离开我的岗位。

所以,我是在灯塔的高处看着那艘帆船在大家的欢呼声中靠岸的。我在上面看着大家在市政厅广场搭布景,也是在那上面听见三声巨响:我弯腰往外看,差点掉下去。

我很快就发现,演的是我喜欢的戏剧《罗

密欧与朱丽叶》,世界上最美、最凄惨的爱情故事。

爱情是一股烟,由叹息的雾组成,
净化后,在恋人的眼里便成了一团火,
一激动,又成了充满泪水的大海。

我诅咒,恶狠狠地诅咒自己,着了什么魔,竟然会去回应这个小广告。我坐在椅子上,气呼呼地堵住耳朵。但是没用!要听见烂熟于心的东西,根本就用不着耳膜。

"我为什么不是你的鸟儿?"
"你不是我心爱的吗?真的,我过分的柔情会害死你。"

我双倍地闭上眼睛——紧闭眼帘,为了更加保险,还用掌心捂上。

我不愿再看到这可笑至极、滑稽透顶的事情：我的哥哥，是的，我的哥哥托马斯，坐在第一排，大张着嘴，一副白痴的样子，显然被扮演朱丽叶的那个其实已经很老的金发女郎迷住了。唯一让人感到安慰的是：从上面看下去，其他观众也并不显得更聪明。他们就像是一些鱼，一群鱼，吞食着演员扔给他们的词语。我不时会扫一眼城里的其他地方。我深信，城里像全岛一样，都空荡荡的。马路上、田野里、沙滩上都没有人。所有的人，男女老少，全都离开了他们惯常生活的地方，跑去看戏了。

所有的男人和女人。除了一个小小的身影，在下面，在海堤上慢慢地徘徊。我趁最后的一道夕阳，终于认出她来——那是卖香料的里戈贝塔夫人。像她那样实际而谨慎的人，一个真正的商人，她一定这样打听过：

"这个戏是讲什么的？爱情？太可怕了！别指望我会去看！"

自从她丈夫在一个雨天抛弃了她和三个小孩,并给他们留下一屁股债之后,她就已经扼杀了自己身上所有的感情因素。所有的回忆和希望都被永远地扼杀,一一地被扼杀,就像人们用脚跟碾死一只蟑螂一样。所以,她不会去看罗密欧与朱丽叶的爱情戏。

※
※ ※

当然,我没能坚持太久。

我看了。

落泪了。

天哪,我哭得多厉害。当朋友提伯尔特被杀死的时候,我哭了,那时他才17岁。当几乎成了我的情人的罗密欧服毒死亡时,我泪水纵横。当朱丽叶为了去陪伴自杀的罗密欧而自刃的时候,我又流泪了。我是在哪里找到这些泪水的呢?我以为都已经流光了。它们藏在我身

体中的哪个部分？哪个保存忧伤的地方？

　　要是罗密欧能朝傻傻地被这座灯塔所困的我抬一会儿头，朝我微笑一下，迷惑我，我也会为之献出一切的。只是，棕色头发、皮肤油光发亮的人，不是我喜欢的类型。但这又有什么关系呢？我被吸引、被捕获、被迷惑了。

　　戏演完的时候，

　　　　因为，世界上没有一个故事
　　　　比罗密欧和朱丽叶的故事更让人悲痛

让依然围绕着灯塔盘旋冷笑的海鸥惊讶的是，没有一个人大声喝彩。我很快就睡着了。观众还没有全部离开座位的时候，我就已经进入了梦乡。不可能不立即回到那里，在梦中，可以让罗密欧和朱丽叶复活。

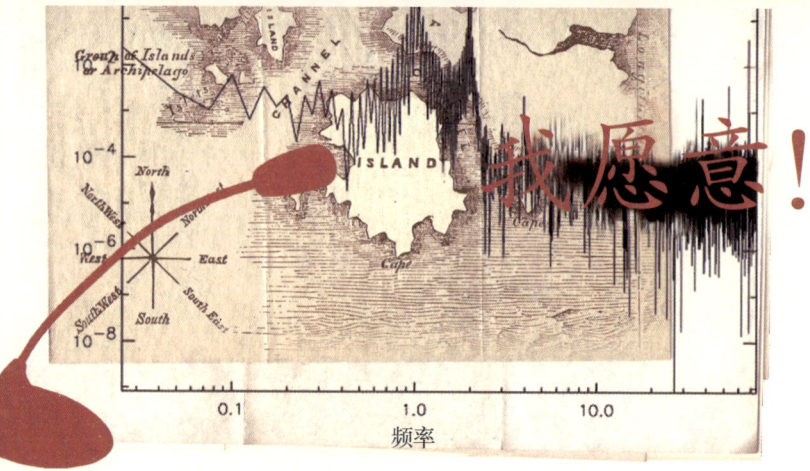

# 第 4 章

我们要承认我们最大的不足：噪声。制造噪声是我们的全民运动。

一天，世界卫生组织的专家来我们岛进行分析。他们穿着白大褂，坐着空调车，在马路上，在我们家中，甚至是我们卧室的床底下到处安放麦克风，测量我们的嘈杂声。他们被得出的数据吓坏了，于是在我们的耳朵里塞进真空管，想弄懂我们生活在打破世界纪录的噪声中为什么还没有耳聋。他们走的时候也没弄明白，只是把我们当作了疯子。

应该说，天一亮，我们这里就热闹起来。有人争吵，有人互相打招呼，有人煎鸡蛋，有人试着发动汽车。在学校里，人们在大声地背诵乘法口诀表；在教堂里，除了感恩歌和钟声，别想听见讲话声；在市场里，人们大声喊叫着价格；在镇政府，新婚夫妇情不自禁地对自己永远嫁娶的人说"我愿意"。

晚上也好不了多少。太阳一下山，乐队就忙活起来，音乐声占据了整个夜空。你知道，音乐是战胜怕黑的最好盟友。

"别担心，孩子们，"专家们走后，镇长唐路易对我们说，"世界卫生组织丝毫改变不了我们的习惯。每个国家都有自己的文明和噪声。他们有汽车和电视，其他的属于我们！继续吧！下星期六，发明几个新鼓，你们说怎么样？"

※
※ ※

看完戏后的次日上午，岛上只回响着前一晚的喝彩声，但古老的喝彩声现在并不比回忆的声音大。你们可曾听到过回忆的声音？

我们从来没有听见岛上这么安静过。

什么活动能比做梦更安静呢？年龄最小的，也就是那些孩子们，他们梦到自己突然长了好多岁，可以像舞台上的人那样恋爱了；年龄最大的，也就是那些已经与坟墓为邻的老人，梦到自己恢复了爱的活力。至于正处于恋爱季节的人，也就是那些年轻人，梦到自己遇到了朱丽叶或罗密欧，欣喜地沉浸在自己的幸福中。

总之，大家都在做梦。

大家都努力地继续睡，以延长自己的美梦。结果，太阳已升到一尺高了，全岛的人还在睡。这种陌生的虚空、寂静无声的气氛让动物和事物都惊讶不已，它们竞相比谁更安静：溪流中的水从来没有流得这么慢过,没有旋涡,也没有发出潺潺的流水声;风也不再摇动棕榈树的叶子;尽管有风,但门拒绝打开,怕发出嘎吱嘎吱的响声;甚至连我们已经习惯、动不动就叫唤的公鸡也闭上了嘴;钟到了报时的时候也不敲响了。

## 第 5 章

"我的辣椒呢?"

里戈贝塔太太在市场上的门牌是 32 号,那是一家狭窄的小店,但店名气度不凡:

> **生活之盐**
> **草本植物、香料和调味品**

多亏了这位女士,多亏她的叫喊声,戏剧的魅力才消失,悲剧才显露。

"我的辣椒呢?我的辣椒去哪儿了?"

她觉得自己刚刚说出来的那句话有点奇怪,但来不及想奇怪在什么地方。她越来越生气,继续在杂乱无章的柳条筐和袋子里乱翻。

她之所以第一个起床,是因为她是第一个睡的。正如我们所知道的那样,她不喜欢看戏,尤其是爱情戏。

亨利先生站在店铺前,他可以说是我们的老寿星,音乐之王。他像往常一样微笑着,在他的脸上,过去好像爆发过一场战争,微笑与皱纹之间的战争。皱纹逐年增多,但微笑(能持续多长时间?)依然获胜。亨利先生是里戈贝塔太太最忠诚的顾客之一,可惜也最难赚到他的钱:他每次只买一个洋葱,从来不买两个,也不买其他东

生活之盐

西。她每天都对他生气:

"亨利先生,你吃得太少了。"

"人老了,生活就简单了,需要的食物也就越来越少。"

"可为什么只买一个洋葱?"

"洋葱让眼睛流泪最有效,它能让人哭泣而不伤心。"

"既然这样,为什么只买一个?"

"不能哭得太厉害。否则,人真的会悲伤。"

亨利先生刚刚才弄明白,这天上午跟平时不一样。他脸上永久的微笑消失了。

"出什么事了,里戈贝塔?"

这个可怜的女人只顾着哀叹——怨言变成了叫声,越来越尖利——没有人回答她。

"我的胡椒呢?我的小洋葱头呢?我的藏红花呢?我的枯茗呢?我的甘草呢?救命啊,我被人抢劫了!"

亨利先生是个知轻重的人,没有追问,只是用右手拍了拍她的肩膀。一只轻得像鸟一样的手。有时,碰一下,甚至稍微拂掠一下,胜过千言万语。

然后,他以衰老的大腿和疲惫的心脏所允许的速度,慢慢地向我们的镇长唐路易报讯去了。

显然,镇长刚刚醒来。带绒球的白色睡帽斜扣在脑门上,这就是证明。费尔南多跟他分享了他的早餐——滚烫的咖啡和圆圆的小面包,面包的中间有一条缝,所以我们都把这种面包叫做"屁股面包"。我则利用猫睡着的机会成功地溜走了。我一点都不记仇,给上司带回了他忘在那里的上衣。镇长和蔼地要我待着别走:

"你一定饿了,让娜!瞭望,很容易让人肚子饿。"

两个朋友互相祝贺。

"那些演员,太有才能了!那个朱丽叶,爱

得多热烈！老兄，他们演得太好了！"

"我无非是港口的船长，并不是演出的组织者。"

"可你本来是可以禁止他们进来的。一般来说，帆船是最危险的。你的嗅觉真是独一无二！"

这时，亨利先生走了进来，还是像以往那样温和：

"镇长先生，亲爱的船长，很抱歉打搅你们。里戈贝塔……"

"怎么了？"

"有人偷了她的香料！"

唐路易惊跳起来。

也许别人不会注意，但我们的镇长在领导这个岛之前，当了20年高贵的小学教师。语言问题、语法问题、标点符号问题是他最喜欢的。

"哎，亨利，你今天是怎么说话的？"

"也许是因为我的牙齿，缺牙了。"

"希望如此。"

唐路易摘下睡帽。自从大海年复一年地侵蚀我们的山冈,吞噬我们的树木,冲垮我们的房屋之后,他就老想着什么东西会消失。

"你没有主义(注意)到吗?天哪,我也被传染了。"

"怎么了?"

"不仅仅是香料……"

"你说什么?"

亨利先生和船长惊恐地盯着他。一个发起抖来,另一个嘴唇咬出了血。

"我觉得……我不想……我深信,音符,我们的音符也同样,是的,确实是这样,它们反抗了。更糟的是,它们还通知过我。"

"怎么回事?"

"靠近点,不能让任何人听见。"

# 第 6 章

"一段时间以来,音符就在抱怨,觉得自己不被人喜欢,受到了轻视和蔑视。在小学里,孩子几乎不用它们。写作文时,如果孩子们忘了,老师也不算他们错。我每次在街上遇到开口音符、闭口音符或长音符号,它们都威胁我说:

"'……我们的耐心是有限的,唐路易。总有一天我们要罢工。当心,唐路易,我们的脾气并不像表面上那么好。我们会制造巨大的混乱。'

"我并没有当真,而是嘲笑说:'罢工,那就

试试吧!音符罢工能影响谁呢?'

"我感到它们怒火中烧,但我不认为它们会采取什么措施。

"我好好想了想,我可以肯定,这一切都是电脑引起的。哎,让娜,你愿不愿意去替我买一小瓶啤酒?道出真情,总让人口渴。"

我不到五分钟就回来,手里拿着他要的啤酒。不一会儿,酒瓶就空了。

他满嘴白沫,继续讲他的故事:

"供货商弄错了。他给学校送来的是英语电脑:键盘上没有一个音符。

"我的朋友们马上跑到我家里来。我错在没有把它们的话当真,酿成了大错。我错了,我最大的错误在于对它们说,没有音符的电脑至少比没有电脑好。

"它们教训了我,然后又骂了我:

"'每种语言都有自己的逻辑,唐路易。英国人和美国人可以随便用没有音符的电脑。可你,你背叛了我们。从今天开始,我们罢工了。'"

镇长讲完后,亨利先生首先站起来。

"这太奇怪了。"他嘀咕道。

"我也这样认为。"船长附和道。

"我也一样。"我补充说。可在这严峻的时刻,谁会在意我呢?

他们在互相解释。我点点头:他们支持我的意见。

听到唐路易的句子没有音符,我们更多是心里打颤,而不是听他讲什么:没有了音符,词语也黯淡了。我们的法语好像突然失去了所有的冲动、所有的灿烂和光芒。

# 第 7 章

"亲爱的朋友们,我有个可怕的消息。"

新婚夫妇互相说"我愿意"的镇政府大厅里,人满为患。没有重大的原因,镇长是不会随便开会的。自从与独裁者内克罗尔发生可怕的战斗以后,他从来没有这样召集过全岛的居民。

我们三三两两地坐在椅子上或地上,有人甚至爬到树上从窗外往里看。可怜的风扇,它们嘎吱嘎吱地发出刺耳的声音。这也许是它们的抗议方式:还有什么比我们的职业更蠢的吗?它们不断地向我们这样重复:搅动炎热的空气有什么用?这样蠢蠢地搅动就能带来清凉?亏你们想得出来。

"是的,一个真正的灾男(难)!"

大厅里,人们低声地交头接耳:这是什么说话方式?某个野蛮的未婚妻拥抱他时咬了他一口?大家都知道我们的镇长尽管年岁已大,但性欲依然很强,哈哈!雷蒙德夫人、吉贝尔特夫人和罗丝 - 玛丽小姐都不会不同意我们的观点。哈哈哈!

唐路易擦了擦额头上的汗,接着说:

"那艘帆船偷了我们的音符。"

"还有我们的香料。"里戈贝塔大声地说,她左推右搡,使劲从人群中挤出一条路。

大家对视着,不明白是怎么回事。为什么我们的镇长担心成这个样子?音符,多大的事鸣!我们失去了音符,那又怎么样?我们还以为发生了更严重的事情:海啸、瘟疫……

镇长又接着说:

"香料,唉,我们太知道做菜是多么需要它

们。可音符呢？音符有什么用？音符到底是什么玩意儿？既然我们有幸在我们当中有位博学的语言专家，我请她来给我们解释解释。"

大家都朝我们的亲爱的女教师，不可替代的雅戈诺夫人看去。她微微地红了脸，站了起来。她变化多大啊！她以前很瘦，身体修长，脸尖尖的，现在变得圆滚滚的了。自从她跟达里奥①的婚姻失败之后，她就一个劲儿地吃，整天待在餐桌边。我们的大厨都请她去试吃。她绝对是举世无双，像专家一样建议这道奶油烤薯饼要加点胡椒，那个调味汁要放块巧克力，酒焖子鸡要更油腻一点……

"音符，既然你们都不熟悉……"

大家都吓了一跳。雅戈诺夫人说话就像机器空转。那是她以前的声音，恋爱之前，贪吃之前的声音，她骨瘦如柴时的声音。

---

① 见《飞越疯人岛》。

"音符是一些区分符号。如果你们不知道,我可以告诉你们,这个词来自希腊语 diacritikos,意思是'区分'。"

下面的喧哗声可想而知!大家低声埋怨,所有的人都在骂,然后开始抗议:"她在说些什么呀?""你明白什么了吗?"

"区分符号可以放在一个字母的上面、下面、里面、后面和前面甚至周围……"

镇长觉得自己必须干预了:

"雅戈诺夫人!我们一点都不反对美丽的希腊语言,不过,请讲得稍微明白点!"

她便放开讲了:

"我们所说的区分符号分上区分符、下区分符、里区分符、前区分符、后区分符或周区分符……"她突然停下来,慢慢地扫视四周,睁大眼睛,好像不知自己身在何方。她结结巴巴地说:

"对不起!有时,我会说些难懂的话,真

的，好像什么病发作，比如说疟疾。对不起，我重新开始。"她的气有些粗。

"音符是一些放在某些元音或辅音上面的符号，以表明它们准确的发音。没有音符，所有的 e 都会像是从鸡屁股里掉下来似的，于是有了 é、è、ê……"

大家慢慢地开始喜欢了：

"现在讲得好多了！"

"谢谢，雅戈诺夫人！您看，如果您愿意，您是可以做到的。"

她接着讲下去：

"音符也用来防止某些词的混淆：没有音符的 a（动词 avoir）必须跟有音符的 à（介词，je vais à la pêche，我去钓鱼）区分开来。古法语没有音符，所以语言经常会发生混乱，书面文字跟口头文字都一样，结果老是弄错。于是，1530—1550 年间，作家们、语言学家们和印刷者开始发明这些音符。"

"有意思!"

"连我都听懂了。"

"音符最重要的发明者叫雅克·杜布瓦。为了成为学者,他改名为雅科比尤斯·西尔维斯。他起初当文学教授,后来转向解剖学——整天都在解剖尸体,但这并不妨碍他在晚上创造音符。开口音符、长音符号,还有省文撇,都应该归功于他。你们知道,省文撇的这个逗号放在某个单词的左上方,以表示这里省略了一个字母,比如灵魂写成'l'âme'而不是'la âme';水写成'l'eau'而不是'la eau'……"

雅戈诺夫人赢得了一片掌声。

有人大声地说:

"你们注意到了吗?她讲话很正常,音符没有丢。"

另一些人说:

"是啊!那偷音符的会不会就是她?"

"把音符还给我们,巫婆!"

雅戈诺夫人依然保持冷静:

"也许我太喜欢语法了,它成了我的一部分,让我大显身手,就像是我的心脏。它把我身上的一切都连接了起来,就像是我的血和肌肉。语法就像是我的生命。既然音符是语法的一部分,只要我活着,它就不会离开我。"

大家又鼓起掌来。

除了敲钟人拉布代特先生。他突然站起来,用复仇的手指着我们的女教师,大声地说:"忘!"

他就是这样说的,只有词,没有句,"以节约时间"。这是他最关心的问题之一。我们有一种特别的本领,就是浪费时间。他不停地与之斗争,可惜从来没有胜利过。他的另一场斗争也失败了。他跟我们把什么都能搞得杂乱无章的本领斗争。他非常希望岛上井然有序,没有闲人,大家都匆匆忙忙。

"忘!介绍不完整。不要布列塔尼口音!不

要马赛口音!"

雅戈诺夫人没有慌了手脚:

"您所说的口音,如果我没有理解错的话,比如说某个讲法语的人的布列塔尼口音,或马赛口音、阿尔萨斯口音,它不是讲法语的一种特殊方式吗?"

许多人表示赞同:

"没错!"

"她说得对!"

"一种区别于其他说话方式的特殊方式。"

她强调"区别"这个词:

"区别在于,字母上的符号或表达方式,都属于音符范围。这就是希腊语中 diacritikos 这个词的意思:区别。"

"现在我们明白了!"

"谢谢,雅戈诺夫人。"

听众们一边感叹一边散去。

"音符是一种多么美好的东西。"

"没有了它们,我们该怎么办?"

"没有香料又该怎么办?"

"我感到自己很孤独。"

"来,我给你暖和暖和。"

"别自以为是!"

# 第 8 章

回到办公室——我当然跟着他（你们现在开始了解我了，你们知道我是多么好奇，所以也黏人：好奇者总是哪里有事就出现在哪里，哪怕会打搅别人），镇长一眼就看到了港口的船长。

费尔南多，正躺坐在最大的那张椅子上，说着话，是的，他紧攥拳头，在跟谁说话：

"啊，现在，有傲气的人少了，听话的人多了。你们承认吗？"

船长告诉我们，他经过马热朗海堤路时，发现有两个音符栖息在支撑桅杆的绳索上晒太阳。他猛的一抓，就像抓苍蝇一样，抓住了它们。

他又指了指他的拳头:

"哎,我的耐心是有限的。如果你们告诉我你们知道的事情,我就放了你们。否则……"

"否则怎么样?"

"怎么样?"

只听见两个怯生生的声音。

"否则,我会不得不把你们碾死。"

一个小声音大叫起来:

"讹诈!杀人!"

另一个小声音乞求道:

"我同意!我们同意!"

唐路易过去关上窗,这样更保险一些。这时,费尔南多站起来,向前一步,把手放在桌子上,慢慢地打开手掌,很慢很慢,五个手指一一张开。两个音符跑出来,躲在一个大墨水瓶上。

第一个音符,我们很快就认出它来:我们很

熟悉的一个长音符号ˆ；第二个，跟它有点像，但以前谁也没有遇到过：ˇ。

"你是谁？"镇长问。

"跟小钩①说话时请有礼貌一些，"长音符号大声地说，"否则你们什么都得不到。"

"好吧！对不起。Klu是什么东西……你怎么称呼？"

于是，这个"小钩"语气温柔地告诉我们，它来自斯洛文尼亚，"熊的故乡，山湖之国"。它最近刚刚从一本词典中逃出来。那本词典是一个来岛上度假的女译者的，"Tanja Lesničar - Pučko夫人，你们可以查。"它还说，"在斯洛文尼亚文里，我只放在某些辅音上面，以改变它们的发音: č念作tch，š念作ch，ž念作je，"又说，"在你们非常可爱的港口，我遇到了长音符号，后来，我们就相爱了。事情就是这样。"

---

① Kljukica，斯洛文尼亚文，意为"小钩"。

这种简单的表白把我们都逗乐了。

镇长几乎是害羞地,总之是带着敬意,问这对情侣是否看到过持械抢劫之类的事情。

✻<br>✻ ✻

"其实……"

说话的是"小钩",它细细的、小小的,站在大大的墨水瓶上面,对它来说,这瓶子就像是一座大山;旁边的挂钟,对它来说,就像一座巨大的工厂。长音符号站在它身边,只知道笑,一副傻傻的样子,轻声附和道:"它说得对,它虽然是外国人,可说得比我还好。"

三个男人,镇长唐路易、船长费尔南多和

亨利先生，一个女孩（我），我们俯身看着比昆虫大不了多少的这两个音符^和ˇ。你们可以想象一下：像树枝一样长的睫毛，像深渊一样深的鼻孔，8只大大的眼睛，这一切离你不到20厘米……谁都会害怕。但"小钩"不怕，它以坚定的语气，开始讲述它的故事：

"其实，那艘帆船什么也没偷。"

"好好听着，"长音符号说，"事实就像它将跟你们说的那样。"

我们屏住呼吸。"小钩"咳嗽了一声，清了清嗓子。我们好像听见一只蜻蜓在飞，一只鼹鼠在挖洞，一朵玫瑰在盛开。

"圣热罗姆（我提醒一下，那是译者之王，因为他把《圣经》从希伯来文译成了拉丁文）教堂的钟声刚刚敲了两下。在帆船里，没有一个演员能够入睡。对于戏剧演员来说，难以上床是常态，他们老是推迟睡觉的时间。大家不断地讨论刚结束的演出，互相点评打分，

有时大大恭维一番:'亲爱的,你的那种激情是从哪来的?毫无疑问,你是个天才!'有时阴险地进行攻击:'如果你不用那么多鼻音说话,那声音会是多么美啊!你感冒了还是怎么着?……'

"这时,香料们到了,慢慢地在海堤排好队伍。什么香料都不缺,它们全在那儿。最著名、最为人们所熟悉的是桂皮、丁香、大蒜、生姜、辣椒、胡椒……也有秘密的、被人遗忘的:昂格(用栊果肉做的)或古波斯阿魏(一种伞形科植物)……

"其中一种香料脱离了队伍。

"'哎,帆船!我叫姜黄,我是工会主席。'

"'什么工会?'

"'香料联合总会。我想跟你们的头儿谈谈。'

"看到它一本正经的样子,演员们哈哈大笑起来。他们当中最年长的让他们安静下来,然后走到姜黄身边。

"'我叫维拉尔,是这个剧团的主要负责人。'

"'带我们走,让我们跟你们走!'

"'为什么?'维拉尔先生问。

"'我们再也忍受不了这里的风了,这种风太强烈、太频繁、太光滑,所以被叫做信风!由于岛上老是刮风,我们的香气全被破坏了!带我们走吧,求求你们了。我们将从事跟原先一样的工作:你们给生活增添乐趣,我们让食物变得更加美味。'

"演员们互相对视:'这些香料说得对。它们是我们的人!欢迎它们加入我们的队伍!你们将给我们的三餐提味。'

"在一片快乐的杂乱中,香料们登上了帆船。

"维拉尔先生拍了拍手,说:

"'大家各就各位!准备松缆!'

"'准备！'

"'松缆！'"

"不可思议！"

"毫无问题，我们住在一座奇特的小岛上。"

"说它是疯狂小岛更合适！"

"我了解香料，"亨利先生说，"我也了解那位维拉尔先生。我觉得他的演员们演得有点平淡。那些客人会使他们恢复活力的，你们看吧！"

"可这一切并没有告诉我们，音符是怎么走掉的。"镇长嘀咕道。

"如果你们有礼貌地听完我的故事，你们会知道的。"小钩说。

三个男人连声道歉，于是它继续说下去：

"我们跟着帆船一直到了防波堤。这时，从高空传来一个微弱的声音。

"'哎，求求你们，把我们也带走！'

"罗密欧点燃火把，扫了一下船帆：岛上所有的音符都在那儿，挂在船帆上。开口音符、闭口音符，别忘了还有国外的音符——西班牙的波形号、古希腊语中的重音符和轻音符。长音符号也在，当然，除了我头上的长音符。它们全都在那儿乞求。

"'求求你们了，让我们陪伴你们吧！在这个岛上，已经没有任何人对我们感兴趣了。'

"'我们也像你们一样，香料。'

"'跟你们一样，演员们！'

"'我们能让句子苏醒！'

"'没有我们，你们会听到法语是多么乏味。'

"'多么忧郁。'

"'多么平淡。'

"'多么无奇'

"'多么单调。'

"'大家都听不到自己的讲话声了,好像置身于一个人声嘈杂的房间里。每个音符都在陈述自己的理由,使用自己的形容词。维拉尔先生想了好长时间,最后终于点了点头:

"'好吧,我同意!但愿你们不会晕船。不过,从现在起,我不再接受任何人!我们的队伍已经满员了。航向125!'

"话音刚落,所有的音符都向他飞去。面对这片黑压压的乌云,要是别人早就逃跑了。但维拉尔先生没有。他知道,所有的音符都是来拥抱他的。"

✻
✻ ✻

"那你们俩,"镇长问:"为什么不也上船?"

可怜的长音符号脸红了。没有什么比一个音符变成红色更让人吃惊的了。它好像在眨眼,大家都看着它。它越脸红,就越不想脸红,结果就更脸红。

小钩代它回答道:

"我们还有其他事情要做。"

"什么事?我能问一下吗?"

"我们相爱了!"

亨利先生和蔼地看着它们:

"我经历过。我同情你们,可怜的朋友们。你们将看到,爱情是多么折磨人!"

他叹了一口气,重复道:

"我同情你们,但我更羡慕你们。"

## 第 9 章

"别浪费时间了。我们去追那艘船!"

镇长分开大腿,好像骑马一样。他举起右手,似乎在指挥军队。不幸的是,他秃顶圆肚,脑满肠肥,大肚子像鸡蛋一样把衬衣撑得圆鼓鼓的,恰好挂在皮带上,让他看起来怎么也不像严肃的样子。他用比往常更大的声音,不断地说:

"把帆船追回来!"

他说话的气息差点把那两个音符刮跑。它们奇迹般地抓住了书桌的边缘,他的唾沫可能也溅了它们一身。

"没教养!"小钩大声地说,"你应该小心

点！看得出，这个岛上的人没有一点教养！"

"没教养！"长音符号也结结巴巴地说。

"让这些小东西走开！赶快去检查那艘不幸的帆船！"

"你想怎么检查？"港口的船长问，"我只有几艘小木船和几个蹩脚的海员。"

"总之，这是个馊主意。"小钩说。

"它说什么？"

"我说音符就像是鸟儿，它们像鸟儿一样是自由的。如果它们决定抛弃你们岛上的词汇，谁也无法强迫它们回来。"

"它说得对。"亨利先生说。

"至于你们这里的香料，我已经努力向你们解释过，它们已经不能用了。过气，筋疲力尽了，被弄空了，没味道了。没有香气的香料，把它们弄回来又有什么用？"

军人般粗暴的唐路易一下子泄气了。永别了，光荣的上校！他现在只不过是一个沮丧的男人,挠着脑门,在绞尽脑汁想办法。

"怎么办呢,老天爷,怎么办呢?"

亨利先生拿起吉他,虽然年岁已大,双腿麻木,但手指还没受影响,弹起吉他来还像以前那样灵活。亨利先生请它们回到久远的过去,在他的记忆里搜寻。记忆,正如你们知道的那样,是灵感之父。

"很久很久以前……"

他好像准备开口唱歌。

"啊,我又看见了……是的……等等……有一群人,有一些香料,那么多香料,还有演员,乐手……好了,我想起来了!"

"一个节日?"唐路易和费尔南多异口同声地问。

"是的,音符和香料的国际之约。在印度的某个地方。"

在这之前,尽管这些事让我心神不宁,但

我一直没有说话,虽然我是个天生的话痨。这次,我忍不住了。

"我去。下趟邮船两天以后到,我搭船去。"

"我跟你一起去,"小钩说,"在斯洛文尼亚,大家都梦想去印度。"

"我也去。"长音符号说。

"如果没有别的解决办法,那我资助你们的旅行。"镇长说,"只是……"

"只是什么?"

"让娜,那就拜托你了。你去跟他们谈谈,给我们的两个音符一个优惠价。镇政府钱不多,而它们占的位置也不大。不可能给它们买两张全票。"

托马斯的一封来信在床上等我:

"妹妹,祝我好运吧!维拉尔先生录用我当提台词的人。这仅仅是个开端。辉煌的前程在等待着我呢!戏剧万岁!"

有兄弟的麻烦之一,是他们不断地改变梦想。他们今天想当乐手,明天又想当足球运动员,下周又想成为信息技术方面的亿万富翁……怎么弄得清楚呢?怎么能相信他们?你觉得还有比兄弟更讨厌的人吗?

# 第 10 章

出发之前,我想再看一看我们的灯塔。我好像在等待它的什么东西,一个秘密,一个建议。这是我的第一次旅行,你们明白吗? 我有些害怕。

当我走到台阶上方,我觉得自己成了不速之客:手风琴好像正在跟一只猫在大吵。希罗埃? 布雷亚? 戈雷? 我忘了它的名字了。它漆黑的目光向我扫来。

幸亏,一个响声转移了它的注意力。一个很刺耳的金属撞击声在不断重复,伴随着阵阵尖利的声音。

这噪声是从一个装海洋地图的盒子里发出来的。一只老鼠,一个滑了槽的钟,乱了套的齿轮?我勇敢地把手伸进去,发现是一台打字机。一台老式打字机,又大又黑,中间是空的,圆形的触键则是白的。我后退一步,幸亏及时,否则什么东西会迎面扑到我脸上。

我开始还以为是昆虫,蜻蜓似的东西,但比蜻蜓更长、更尖、更硬。它们在圆形的房间里快速地飞起来,撞到了落地灯上,变得很危险。奥斯卡害怕得低叫起来。显然,它们想飞出去。我打开一扇窗,它们逃走了。丝毫没有犹豫。向

印度
地图

东而去，飞向印度。好像在给我指路。

那是些什么？回到打字机旁边之后，我很快就明白了。键盘空了几个键，我很容易就猜到少了哪几个：à、è、é、ù……

所有带音符的键。毫无疑问，它们追赶帆船去了。

# 第 11 章

一个散发着丁香、大蒜和千百种其他香味（小豆蔻、桂皮、枯茗、姜黄、茴香……）的山谷。谁经得起它的诱惑？这些大树，树根朝天，浓密的树荫遮住了半个足球场那么大的地方，谁看到能不发出由衷的赞叹呢？面对这些被当作拖拉机用的大象，谁能不露出笑容？看到那些一下子走碎瓶子，一下子走烧着的木炭冒险的江湖艺人，谁能不浑身发抖呢？谁能不睁开眼看看这些蒙面的人群，一个个都像哈姆雷特、超人、唐璜、堂吉诃德、夏尔洛、斯佳丽、朱丽叶、库伊拉、奥菲丽亚、希梅娜、玛丽安娜①……谁能不美滋滋地与这些男女演员为伴,在数千家露天饭店中的一家坐下来?无数乐手用优美、动人的旋律愉悦你的耳朵,成千上万只猴子嘲笑着模仿人类的各种动作。

经过一场疯狂的旅行(将来有一天,我也许会给你讲述),我终于从我们的那个小岛,到达了印度北部这个让人眼花缭乱的山谷。亨利先生并没有做梦。或者说,他梦见的是真的:戏剧与香料的节日确实存在。

但我得了重病:我的感情不足,激动不起来。如果我不知道我遇到过的人,或我所处的那个地方的故事,我就感觉不到任何东西。什么都感觉不到。完全被催眠了。感情进不来。

---

① 夏尔洛是卓别林所塑造的小丑人物,斯佳丽是《乱世佳人》中的女主人公,库伊拉为杜迪·史密斯《第101只斑点狗》中的女反派人物,奥菲丽亚为莎士比亚《哈姆雷特》中的女主人公,希梅娜为高乃依《熙德》中的人物,玛丽安娜为法兰西共和国的国家象征。

我听见了它们的声音,感觉到它们就在我的皮肤上,来来回回,抓来抓去,寻找开口,但没能成功。它们还是待在外面。除非我们知道那个故事。故事就是大门,能让它们进入我体内,我身上的唯一的门。

于是,一连两天,我见到人就问一个同样的问题:"能给我讲讲你们这个山里的故事吗?"

他们不认识我,所以只是有礼貌地笑笑,继续走他们的路。终于有人用法语劈头盖脸地骂了我一顿,(饶恕他吧!)吓了我一大跳:"一个看起来很年轻的男人从人群中向我爬过来,疯狂地拍打着地面。

"我能帮你吗?"我问。

"我的眼镜,我的眼镜,那些下流坏子会把它踩烂的。"

"你怎么能把我们的语言讲得这么好?"

"大学交换。"

奇迹发生了,就在车轮要把眼镜碾成齑粉时,我看见了,一把抓住它,然后跟他讨价还价:

"如果你给我讲故事,我就把眼镜还你。"

"故事?什么故事?"

"这里的故事呀,关于这个节日,这些演员,这场约会,总之就是故事。"

"你做事总这么

顽固吗?"

"一个女孩应该懂得斗争。"

"好吧,那就到我的朋友阿尔琼那里去喝一杯。没有哪家饭馆比她家的饭店更安静。在那里可以俯瞰河流,流水将帮助我保持节奏。你能把我的眼镜还给我了吗?"

✳<br>✳ ✳

从前……

我不知道你是不是会这样,反正我会,一听到这两个字,我就会发出呼噜声,浑身放松,出海,飞翔,躺下来,人长大了,我不再是让娜,不仅仅是让娜,可以说,我成了一个爱斯基摩人,一个大溪地人,一头大象,一只红蚂蚁,一棵旅人蕉……或是上帝本人。

而我的新朋友有副能让你激动的嗓音,温

柔、庄严、缓慢，他一开口，人们就会情不自禁地躲藏其中。

"从前有个上帝。

"他忧心忡忡：他创造了地球，让那里充满了人类，但那些人整天打瞌睡。剩下的时间里，他们便唉声叹气。更令人担心的是，他们看上去很消瘦。地球是上帝最得意的玩具，可这玩具情况不妙，他得进行干预。有个男人死了，上帝就把他召到身边，问他：

"'下面发生了什么？地球出什么事了？你们得了什么病？'

"'威力无边的上帝啊，我就从实招来吧：人们感到厌烦了，我们当中的很多人厌烦得都不想再活了。'

"'你们这些孩子真是被宠坏了！'

"上帝生气极了！云还记得：上帝的唾沫横扫天空，滚烫得就像是火山爆发时蹦出的岩浆。

"黑夜来临时,他产生了怀疑,心想:'他们为什么感到烦恼?我创造世界的时候缺少了什么?'上帝决定到人间仔细看看。他化装成一个普通人,来到地球上,甚至来到了我们的这个山谷。为什么来我们的山谷呢?因为在他所创造的所有东西中,他最喜欢我们的山谷。人们给了他一碗黏稠的白粥,他吃了。人们又告诉他,那是米做的。

"'毫无疑问,'他抖动着大胡子,嘟囔道,'这些人类很难伺候!住在这么好的地方,吃这么好的东西,怎么还感到厌烦呢?'

"晚饭呢,人们又给他吃饭,只给他吃饭,因为这是当地唯一的食物。第二天呢?还是饭。当他第四次不得不喝稀饭的时候,他终于感到恶心了,一连吐了两个小时,煮熟的米粒雨一般吐在田野里,暖暖的,黏糊糊的。他这才明白自己创世时犯了一个大错:乏味。没有味道的东西不好吃。那些感到厌烦的人有道理啊:怎么能喜欢没有味道的东西呢?

"为了消灭乏味,为了让米变得好吃,变得多种多样,让阳光普照着它,让它获得温暖,变得柔软,上帝创造了一些根茎植物(生姜和姜黄),一些树皮很香(桂皮)的树,种子耀眼的小灌木(红木①),结小浆果的荆棘丛(山柑)……总之,上帝创造了香料。

"然后,就像他每次创造完东西之后那样,他累了,深深地睡了个午觉,那些不相信的人说——活该他们倒霉——这个午觉一直持续到今天。"

说到这里,年轻人停了下来。我很想再听下去。

---

① 红木又称胭脂树、红色树,是热带红木科红木属唯一一种的植物。

"行了吧,漂亮的小姑娘?现在,把眼镜还给我吧。欧洲应该也醒了。干活喽!"

他有滋有味地把每个法语单词的发音都发得很到位。结果,他的故事持续了好几个小时。大半个下午过去了。我跟着他来到他居住的一楼,那里只有一个房间,窗外有个院子,院子里堆满了油罐。

"你是干什么孔(工)作的?"

"我听错了还是你发音不准?"

"一个小小的语音问题,我待会儿向你解释。在这之前,我再问一遍:你靠什么为生?"

"我是……可以说,我是个警察。"

他打开电脑,突然大叫起来:

"它们到了!"

"谁到了?"

"周末的违章者:闯红灯,乱停车,占用公交车道……"

"我在城里没看见有多少红绿灯。"

"正常。我负责纠正布雷斯特的违章,那是你们国家的一个城市,我想是在一个叫做布列塔尼的地区。"

"为什么是你去纠违?为什么在印度做这事?"

"我比法国人干得快三倍,工资比他们低七倍。我是我们的首都新德里一家大公司的雇员,他们发明了一种信息处理法。我负责核实,从未出过差错。"

"我以前真不知道纠违警察可以全球旅行。"

"现在一切都在旅行。全球化了。"

"全球化应该让人的眼睛感到疲劳。"

"不单是眼睛。我每年都要换眼镜,每年的镜片都越来越厚。"

"将来有一天,你也许要用放大镜。"

"将来有一天,我会什么都看不见。"

"那怎么办?"

"我在做准备。我每天上午都锻炼。我是

记忆方面的运动员。我同情那些没有记忆的瞎子。我试图回忆起一切。将来有一天,当我再也看不见的时候,这些记忆会来跟我做伴。"

"可你得告诉我,你关于香料的故事,是否有个结尾?肯定有。你还没有解释为什么会有那些演员。"

"当然有结尾。你听过没有结尾的故事吗?故事的所有结尾都是假的。你一转身,故事又继续了。"

"那你什么时候给我讲述故事的结尾?"

"如果你愿意,那就明天吧!但必须用一只姜黄鸭来换。你看,我也会讨价还价。好了,你可以走了,布雷斯特瘸脚的司机在等着我呢!"

当天晚上和第二天早上,我都在寻找我的哥哥,无果。但我欣赏了三出极为不同的戏:先后是土耳其版的《无病呻吟》、巴西版的《塞维利亚的理发师》和爱斯基摩版的《摩诃婆罗多》①。最后这出戏一直持续到我和布雷斯特警察的约会时间。我刚好及时赶到。我敢肯定，我不到他也会开始，就是为了气我。

---

① 《无病呻吟》为莫里哀的喜剧，《塞维利亚的理发师》是法国作家博马舍于1775年所写的剧本，《摩诃婆罗多》是古印度两大著名梵文史诗之一，"摩诃婆罗多"意思是"伟大的婆罗多王后裔"，讲述据说是创立印度王国的婆罗多王后裔的故事。

# 第 12 章

"种植者卖掉香料,换来金钱,得到很多钱。山里的人一年年富裕起来。至于商人们呢,他们带来了旅游过程中的无数故事。从遥远的欧洲一回来,他们就必须到皇宫里把他们的故事都讲完,否则惩罚会很严厉,他们得向摩诃婆罗多的儿子讲述他们的所见所闻。

"'在一个叫做法国的国家里,有个喜欢跳舞的国王。尽管他个子矮小,但他把自己当作是太阳①……'

---

① 指法国国王路易十四。路易十四又有"太阳王"之称。

"'这是不可能的!'摩诃婆罗多的儿子笑坏了,大声地说。

"'在一个叫西班牙的国家里,有些沙滩的周围摆了些阶梯座位。当那里举行红布与角的搏斗时,万人空巷。'

"'讲讲这是怎么回事?'摩诃婆罗多的儿子说。

"'红布是几个男人挥舞的,角长在公牛的脑袋上。'

"'然后呢?'

"'于是,发生了死亡事件,死的通常是公牛。'

"'太残忍了,但这是多么了不起的发明啊!'摩诃婆罗多的儿子大叫起来,'我们也要组织类似的搏斗,跟老虎搏斗。'

"'有些半高的山,跟我们这里的差不多,山脚有座城市,自称要跟大海联姻,海水的支流就是它的马路。每年一次,那里的男男女女都戴上面具,没有任何理由,只是为了方便做坏事。有了这样的保护之后,他们就可以做任何伤风败俗的事情了。'

"'太好了!'摩诃婆罗多的儿子大叫起来,'派人把那个山坡削平,我要海水一直来到我

们家门口。'

"随着时间的流逝,故事的源头干涸了。商人们没有新的好故事讲了。摩诃婆罗多的儿子大发雷霆。

"'努把力!把挡住你们眼睛的眼屎擦干净,把堵住你们耳朵的耳屎挖干净!我敢肯定,你们走遍世界的四面八方,你们所去的地方故事一定少不了。'

"'大人,我们是商人。我们的职业是做买卖,而不是到处乱看。'

"'那你们把到处乱看的人给我带来。'

"'您说的是艺术家吗?'

"'你们自己看着办,如果我再也没有现存的故事听,我就要你们的命。'

"'大人,我们得先告诉您,那些人,也就是您所说的艺术家,他们都患了一种严重的病:撒谎。'

"'沉默是比撒谎更大的谎。'

"商人们面面相觑，全都傻了：他们不明白。摩诃婆罗多的儿子常常会讲一些无厘头的话，要让山里的人猜上几个月。但这次，他屈尊作了解释。

"'我的意思是：每个夜晚都会留下白天的一点痕迹（石头不是会记得太阳的温暖吗？），每个虚假的故事总含有一点真实的成分。而沉默呢，既没有记忆，也没有未来，更没有根基。现在，给我去找那些说谎的人来。'

"于是，全世界的讲故事能手、舞蹈演员和剧团都被请来了。

"就这样，编故事的人和讲故事的人在我们的山谷里遇到了种香料的农民。这两类人首先学会了互相尊重：摩诃婆罗多的儿子付给好故事的费用也很可观，相当于一公斤藏红花（你们都知道，一公斤藏红花起码要摘16万多朵花）。

"渐渐地，他们成了朋友。

"'说到底,我们的工作性质是一样的。'

"'我们让米饭变得更好吃。'

"'我们变寂静为快乐。'

"'没有香料的白米饭就像一天当中没有故事,枯燥得如同沙漠。'

"摩诃婆罗多的儿子觉得最开心的是,看到夜幕降临的时候,讲故事的人和种香料的人在低声交流他们的秘密。

"一天,摩诃婆罗多的儿子死了。非常突然。医生说是消化不良。他好像学问很深,信誓旦旦地说,摩诃婆罗多的儿子吃得太多,听得太多。所有跟他一样爱好这两样东西的人都受到同样可怕的死亡威胁。山里人不相信医生的诊断和建议,他们宁愿掐死医生——不可能再回到日子空虚、米饭无味的过去。"

# 第 13 章

到处如此。就像河水溢出了河床,音乐会的音乐在空中传播、穿墙破壁,戏剧占领了整个山谷。到处,到处都在演出,当然,是在两个剧场里演——只有其中的一个经过翻修,另一个摇摇欲坠,雨从破了的屋顶漏到被组织者叫做"座位"的一大堆木头上;也在医院的院子里,集体农庄的库房里,镇长助理的客厅里(20个座位),公园的售货亭里,北区巨大的木棉树下(300个座位),尼赫鲁广场的木兰树下(250个座位),市场已有300年树龄的榕树下(100个座位)演;在两所基督教小学里,三所印度学校里,一所穆斯林学校里,丰田的修理厂里（200个座位），动物保护协会的笼子前（50个座位），甚至在消防队的营房里面演，消防队长甚至搁起了电话，免得受报警电话的干扰。

到处在相爱，在痛恨，在分手，在重逢，在拥抱，然后谋杀，但在这之前，他们会满脸笑容地重新站起来，在掌声中，有时也在口哨中向人群致意，不管人多人少。

旅馆、酒店、低级小饭馆、靠近或蚕食这些演出场所的地方，甚至就在露天戏台上，在火盆或火炉边，用三块石头一搭，简单地铺上

几块木板，放上油腻的铁架子……到处如此，从山谷的一头到另一头，人们都在大吃。在演出之前、之后或演出过程中。成千上万个故事，在这里演出的数百个戏剧让人饥肠辘辘。

饭店贴出海报彼此竞争，以吸引顾客。在小旗和横幅上，在固定或在全城流动（男人背在背上）的广告牌上，分别写着"特色"菜、"改良"菜、"献给我们亲爱的演员们"、"献给我们尊敬的客人们"、"献给您，灵魂的探索者"……

为了更好地探索灵魂，有家饭堂甚至宣

布,有"医药证书",有"戏剧消化"美食;"吃点香料吧,"另外一家则建议:"在上场之前好好吃点香料。"厨师们具有无穷的创造性,可惜,他们疯狂的创举我大部分都忘了。他们有一个共同的愿望:刺激——用香料来刺激戏剧创作。他们为每出戏都精心研究了菜单,我还记得"唐璜"的午餐是这样的:姜黄滨豆沙拉、生姜油炸鳕鱼、大蒜柠檬巧克力。我也记得"契诃夫"汤(对于《樱桃园》和《海鸥》①也同样适用)是这样的:红柚子加金鸡纳霜露、刺柏子酒煮小雌鸭、鲷鱼片加茶、甘草烫奶油……

我跟我的新朋友,即那个印度的布雷斯特人、全球化的警察白白地浪费了许多时间之后,继续寻找我哥哥,但在什么地方都找不到。

---

① 《樱桃园》和《海鸥》均为契诃夫的戏剧作品。

"你们没见过他？他很高大，差不多一米八，我得说，挺英俊的。是这样，你们不会错过他的，他看女孩的时候，好像想吃了她。他以为自己的吉他弹得很好，其实一点都不好。"

人们莫名其妙地看着我，可能把我当作疯子了，他们耸耸肩，说："您哥哥？我们这里的人不认识他！"

走失的，除了他以外，还有音符。

整个山谷里都没有分音符的一点痕迹，也没有小钩的任何踪影。

白白地寻找了一个星期之后，我鼓足勇气（一个女孩在追逐音符，这很可笑，不是吗？）问我的那个布雷斯特人，他向我指了指那座高山。

我还没有向你们介绍过那座山，这可是当地的重要"人物"。人们把她叫做母亲或崇高的女神。她巍峨壮丽，岿然不动，默默地俯瞰着山谷。她怎么忍受得了我们人类在她的脚下骚动和剧烈地大声争吵？太神秘了。什么味道能传到她那儿，传到她那么高的地方？香料的香味还是我们肠胃蠕动排出的臭味？——我的意思是说我们腹泻了，因为我们都太喜欢那些香料了——这又是一个不可知。

"你看到山顶了吗？"

"看到了。"

"那是风之国。在那上面，我们的星球，正如你所知道的那样，不停地转动，摩擦着天空，天空静止不动。这种摩擦产生了风。巨大的风。永久的狂风。如果鞋底下没有钉，人会被刮跑。下面是冰川，那看见了吗？"

"看见了。"

"它们就在那儿。"

"谁？"

"你的音符朋友们。"

"我得去那儿。"

"并不是你一个人想去，所有的演出人员都想去，尽管他们永远都不会承认。还有别的人，各种各样的人，出于各种各样的原因。"

"什么样的原因？"

"这嘛，你自己会发现的。"

"怎么发现？"

"没有比这更容易的了。走到车站，沿着铁轨，你会找到数十个专门从事这类旅行的代理公司。我给你一个建议：货比三家。让娜？"

"什么事？"

"我们的这座山不太喜欢人们爬它。你要小心啊！"

"我会的。谢谢。"

"让娜？"

"还有什么事？"

"你会想我的。"

"谢谢。可我不西（喜）欢感谢别人。"

"让娜？"

"勾（够）了。你太啰唆了。"

"我不是法语专家，但我还是……'不西欢'、'勾了'……我觉得你有理由去纠正你的语音。"

"没有比这更愉快的事了。"

"让娜？"

这次，我不应他了。

"最后一个问题，我向你发誓，然后我就让你去爬山。你最讨厌什么：感谢还是有理由要感谢？"

我气得直跺脚，突然转身，怕让他看见我脸红。我一言不发地把这个厚脸皮、戴眼镜的人甩在那儿。

# 第 14 章

很多崭新的瓦楞铁皮。

一个巨大的广告牌,四个工人正在把它挂在屋顶。

| 国际情感服务中心 |

门前,有个非常英俊的年轻人坐在桌后,一块米色的挡风板替他遮住太阳。他的头发梳得整整齐齐,一副墨镜翻到额头上,显得十分滑稽。那个人叫托马斯,就是我的哥哥。

"你在这里做什么?"

"我在指挥。"

"你在当负责人？简直让我发笑，答（大）笑！"

我在心里暗暗地诅咒。自从我的语音发生问题之后，我努力避免会让人中招的词汇，但无法总是如愿。这个"答笑"就是漏网之鱼。

幸亏，我哥哥好像没有注意到。

他转身对坐在他旁边的一个瓷器小娃娃似的人说：

"别担心，那是我妹妹，所以像野兽一样。在法国，我们成功地驯服了所有的动物，除了姐妹。"

我惊跳起来：

"她是谁？"

"丁小姐，我的合伙人。"

那个洋娃娃从她的小凳子上抬起她小小的屁股，滑稽地向我行了一个卑躬屈膝礼。

"你们俩……我是说……"

洋娃娃抢先回答：

"结婚之前,有很多工作要做。首先要造一座美丽的房子,然后准备生孩子。"

可怜的托马斯!他那么讨厌纪律的人,找了一个女人当老师:个子小得不得了,却威严得不可一世。

"可你的音乐家抱负呢,托马斯?你想当音乐家还是当演员?"

他的合伙人抢着替他回答:

"太危险了,让娜小姐,如果想过家庭生活,太冒险了!首先要赚钱,然后才能任性。"

我热烈地握了握合伙人的双手。

"欢迎加入我们的家庭!你们的空(公)司是干什么的?"

"空司"这个词也没管住,脱口而出了。但这次,惊跳起来的是我哥哥。

"空司,空司,哈哈,我现在知道你为什么来了!你的问题很严重,但我们有治疗你所需的一切。我们的公——司(他不再像以往那样声音适中，而是大大地强调高音）就是给艺术家当经纪人。"他自豪地说。

"国际性的。"微型合伙人明确道。

"用文明的语言来说是什么意思？"

托马斯转身对他的女朋友说：

"跟法国姐妹，解释必须明了，讲话的速度要慢，因为她们听不大懂。"

然后又对我说：

"我们是中介。我们安排联络。演员们需要音符，音符需要句子。这不过是举个例子。"

"是的，仅仅是个例子，"丁小姐强调说，"我们的雄心很大，完全是工业化的。"

我似乎看见我哥哥的眼里出现了一道惊恐的光芒，但我不敢肯定。

"你看，这是我第一天的客人。你可以心里有个数了。丁小姐懂十门语言。"

"十一门！"她纠正道。

这时，来了一位个子矮小但风度翩翩的先

生。他穿着米色上衣，领子紧紧的衬衣扎着一条红色领带，鞋子是半布半皮的。细细的、很细的小胡子，像一条黑线，使他的上唇显得很突出。

"我们能为您做些什么？"

"在欧洲，有个巡回演出在等待我。一场诗歌朗诵会。可是，我丢了音符。"

"给我们说几个句子。我们会给你估个价。"

Triste de quem e feliz
Vive porque a vidor dura.
Nada na alma lhe diz
Mais que a liçao da raiz
Ter por vida a sepultura①.

丁小姐不假思索地替他无知的未婚夫和未

---

① 选自费尔南多·佩索阿的《神秘诗》。

来的小姑翻译道:

> 幸福者是多么可怜!
> 他活着是因为生命在继续。
> 脑海中的一切都在对他说
> 他的根给他的道德教训:
> 生活在自己的坟墓中。

她拿过面前的一把乌木大算盘,好像那是她的保护罩:算盘盾牌。她消失在算盘后面,只露出完美的头路,一条白线分开了两波黑发。她讲了一个数字。

我低头问托马斯:

"她没有计算器?"

"当然有,但艺术家们都喜欢旧工具。丁小姐非常聪明,没有人能像她那样猜到顾客的期望。"

"我看出来了。"

"这也太贵了！"那个矮小而高雅的先生说，"甚至可以说贵得离谱，如果可以这样说的话。"

"不接受可以走。"丁小姐答道。

那位矮小的先生搓搓手：

"让我想想。"

"你还是把钱省省吧！或者多赚点。下一个！"

丁小姐的手指已经在算盘上跑来跑去。好像是一首歌，一个怨言，随着算盘珠子的劈啪声变得越来越快，显得很有节奏。

现在轮到一个金发女孩了。她把一本袖珍本的书紧紧地抱在胸前，眼睛盯着地面。当她终于抬起眼睛时，我们看到她泪光闪闪：眼泪都差点要掉下来了。她雪白的皮肤上有一些很大的红斑。尽管我是棕发，我并没有成见。但如果说忧伤让金发女郎破了相，那是我的错吗？

托马斯并不嫌弃，他赶紧迎上来：

"我能为您做些什么?"

说着,他已经把手放在那个受苦的女孩肩上。丁小姐的声音响起来,就像一道鞭子:

"让我来!怎么了,小姐。今天还是明天?并不就是您一个人!"

那个女孩颤抖着递过书来:

"这是我最西(喜)欢的小说,最动人的爱情故事,《克赖(莱)芙王妃》①。"

"我知道,我知道。一个已婚女人不敢跟一个也已经结婚的男人睡觉。是吗?"

"就一个晚上。所有的音符都跑光了。"

"要给整本书加音符?您没有想过吗?这很贵……"

丁小姐的手指开始在算盘上滑动起来。

"……很贵!不如选一个句子。快!"

---

① 《克莱芙王妃》,法国作家拉法耶特夫人(1634—1693)的小说,讲的是亨利二世(1547—1549)时期的法国宫廷生活。

克莱芙王妃，或者说是那个把自己当作是克莱芙王妃的女孩，应该说很羞涩，不好意思当着大家的面把那个句子大声地念出来。她凑到丁小姐耳边，嘀咕了很长时间。显然，我哥哥的未婚妻不是一个浪漫的人，她是这样回答那个王妃的：

"500美元。一次性付款优惠！年轻客户特价！下一个！"

上来一群有些激动的人，他们来自瑞士。他们要演出米歇尔·贝尔热和吕克·普拉蒙东的《星幻》①，想知道自己的发音是不是准确，于是便唱了起来：

---

① 加拿大法语摇滚歌剧，法语音乐剧的开山鼻祖，讲述在未来的一座超级都市中，大亨、恐怖分子、过气女星、咖啡馆女招待、迷惘青年与娱乐红人，各色人物的命运通过一档热门电视访谈节目——《星幻》串联起来。

我本想称（成）为一个艺术家，
以便能演出我的积（节）目。

接着是：

我的生意做得很称（成）功，
爱情方面也不来（赖），
我还经常更换女谜（秘）书。

丁小姐堵住了耳朵：

"再努把力就成了，我给你们一个团体价。"

我祝哥哥和嫂子生意成功。丁小姐的小桌子前仍排着长队。

"我现在全明白了：你的未婚妻兼合伙人负责客户。可你呢，你在你的跨国公司里究竟扮演什么角色？"

"我负责把客人们带到音符之国。"

"我跟你一起去。"

"你看,我猜到了,你准会这样说。"

"对……不起,我恨你。"

"明天早上来吧!我要带一支队伍上山。我说的早上,真的是早上。4点钟。天会很冷啊!"

"我们会到的,我是说我和我的滑雪衣。"

# 第 15 章

我们走了很久。首先来到了一座森林。风景当然是美不胜收,但我视而不见。前三个小时,天完全是黑的。后来,当太阳升起来的时候,蚊子便开始进攻了。如果要不停地打自己的耳光,人还怎么能开心得起来?所以,登山的第一阶段仿佛是一场拳击赛:让娜打让娜。

我打着自己的头、自己的手、手臂、所有裸露的部位,想打死那些可诅咒的小恶魔,哪怕只打死一只。唉,总是让它逃走,回来时,它带来了兄弟姐妹,数量越来越多。

"克莱芙王妃"的朋友更惨。也许是本地的昆虫从来没有见过金发女子?它们纷纷进攻她雪白的皮肤。那个可怜的女孩被咬得浑身都是包。让人惊讶的是,她默默地忍受着,没有反抗。她好像伸出一边脸颊,然后是另一边让蚊子咬,之后是太阳穴。她可能在想,爱情的痛苦比这更大;忍受这种痛苦,就是在锻炼爱情。

队伍中的其他成员,一个葡萄牙男人,还有几个瑞士歌手,蚊子似乎不咬。他们快乐地沿着狭窄的小路往前走,一路听托马斯向他们讲授知识。

"看见那个钟形的紫花了吗?千万别靠近。这是茄科植物,人们把它叫做'魔鬼的小号'、'疯狂的苹果'或'曼陀罗'。可以从中提炼出各种药物,尤其是防晕船的药,但它也是一种紫色的毒药。"

"啊!"《星幻》的女主角惊叫道,"这些您是怎么知道的?"

"那儿,桉树丛中,你们看见那棵大树了吗?我想是我最喜欢的树,喜马拉雅雪松。"

"您喜欢得太对了，"女明星格格地笑着，"它很强壮，但又很柔软。"

我哥哥在这之前一直都很无知，他现在的这些知识是从哪儿学来的？从他的未婚妻那儿？那得同情她，她所教的知识可能会对她不利。比如说，那个瑞士女人就黏着托马斯。

"那些白脸的动物真可爱，那是什么动物？哦，请告诉我！"

"那是鹎鸟，毫无疑问！"

我们差点过不了一条难走的小路：一根半腐烂的木头权当是桥。《星幻》的女主角都要搂住我哥哥了，她想滥用一下这个良机。

※
※ ※

晚上，托马斯呼呼大睡的时候（讲了这么多，他的大脑肯定需要休息），我跟我的两个旅伴说了些悄悄话。

那个葡萄牙人是在一个暴风雨的日子失去音符的,虽然事先有人警告过他:千万千万不要把耳朵对着风吹!它会进入我们的头脑,把冒出词语外面的东西统统吹走,比如说音符。

"克莱芙王妃"很难从忧伤中恢复过来:"他是那么英俊,那么慷慨,我感到自己就像一块沙漠。"

"你呢,让娜?"

"我呀,我还从来没有恋爱过呢!"

"小心啊!好好保护你的心。当音符回来的时候……"

朋友们都睡着了,嘴角挂着微笑,想象着我未来的爱情,或者在回忆他们自己昔日的爱情。

※
※ ※

快到中午的时候,我们开始遇到下山的队伍。见到每个领队,托马斯都会打听消息:

"它们有多少?"

"越来越多,每天都有新来的。来自全世界。"

"它们的情绪怎么样?"

"紧张,甚至有些暴躁。尤其是……"

"尤其是什么……"

"无法预料。它们心血来潮,想干什么就干

什么。有时想好好合作，不一会儿就什么都不干了。"

"这将来还怎么得了！"

他们的顾客没有理睬我们，似乎一点都不累，虽然在高海拔的地方住了几天，现在又是下山。他们用已经找回音符的句子，互相之间轻轻地说着话。我还记得有个年轻人，很高大，很瘦，也被蚊子咬得浑身是包。他入迷地重复道：

草地有毒，但秋天美丽，
牛群在那儿吃草
慢慢地中毒……

说着，他抬了抬扣着头顶的小帽子。

"太好了，阿波利内尔①！真的，非常美！

---

① 阿波利内尔（1880 — 1918），法国著名诗人。

我想起我以前说的'抄（草）地'和'幼（有）毒'，多难听啊！"

他独自大笑起来，然后又朗诵道：

青痕和丁香色的秋水仙在那儿盛开
你青紫色的眼睛就像这花
像它们的黑眼圈，像那个秋天
我的生命被你的眼睛慢慢地毒倒

我们问我们博学的托马斯：

"这是诗人的想象，还是秋水仙真的有毒？"

"真的有毒，但曼陀罗毒性更大。"

我们在森林中旅行了三天。渐渐地，树木稀了，蚊子少了。踩着乱石又走了两天。最后，天空底下出现了一道白色的屏障：喜马拉雅山。

# 第 16 章

"这就是明天要爬的山。"

我们刚刚在第三个山口扎营。托马斯让我们到他的帐篷里集合,给我们最后的建议。我们都互相蜷缩在一起。当然,嗦嗦发抖。是因为冷还是因为害怕?我们只要越过最后一道冰川就可以了。我们看了它很久,直到夜幕降临。似乎不容易。

"明天,我们将进入音符之国。我的意思是说,我们将到达它们家

里。它们必须同意才行，否则的话，我们将一无所获。"

大家都屏住呼吸。

只听见茶壶的呼吸声。因为海拔高，水很难烧开。

"只有它们愿意，它们才会来到我们的句子上。在下面……"

托马斯指着我们刚才爬上来的小路。

"在下面，人们虐待或蔑视它们，但在这里，它们是主人。"

"可是，""克莱芙王妃"大着胆子问，"怎么介绍我们的句子呢？"

"你们将发现，空气非常寒冷，你们说的话会被冻住，是的，话一从你们嘴里出来就会被冻僵。音符如果高兴，便会停在上面。现在，睡吧！明天我们5点钟开始。最后的斜坡非常陡，你们需要很大的体力。"

# 第 17 章

它们在那儿,躲在高高的山谷里。一个高台似的东西,一大片雪,四壁刀削一般,直逼蓝天。

"从现在开始,不要说一个字,一动不能动。"

在"星幻"身上取得的成功,曾让托马斯露出一副战胜者的样子,现在,这副开心的样子也消失了,他又变成了我过去所熟悉的羞怯的小男孩的样子:那时我哥哥才5岁。

我们躲在一大堆岩石后面,可以自如地观察那一大片聚集在一起的东西,十分壮观。它们在那儿,也许全在那儿,世界上所有的音符全都聚集在那儿。

"你们能认出它们来吗?"

托马斯低声地问,出于谨慎,他双手挡在嘴前。必须不惜一切代价,不让自己说出来的话被冻住。但现在还不是时候。

"星幻"靠在他身上。她一定觉得我哥哥是个无所不知的大学问家。但这个无所不知的博学者在语法方面还是个新手,而音符的世界就像兰花那样丰富和繁杂。他从滑雪衣里面掏出一个庄严的本子,《里曼和马雷指南》,里曼和马雷是这方面的两个世界级专家。

就像《鸟类和蝴蝶指南》一样,上面有每个音符的正面、侧面和反面像……

"我们从第一组开始,下面,在冰川的延伸部分。它们好像是从马耳他岛①来的,你们看

---

① 马耳他共和国,通称马耳他,位于南欧地中海中心的岛国。

那条横线。我在书中读到过，说它是用来阻拦'h'的，表示这个地方应该发嘘音。岩石的尖坡脚下的那些点呢，好像是……我也糊涂了，大部分语言都使用点。从阿拉伯人开始，那些人到处乱点。我把指南交给你们，千万不要让它掉在雪里。"

ش et س

غ et ع

ث et ت ,ب

خ et ح ,ج

托马斯很快又拿回了那个大本子。他的未婚妻肯定要他发过誓，绝对不要让这本指南离身。

"你们看，波斯人也同样喜欢用点，我想说的是伊朗人：

چ

ژ

"希伯来人也不例外,好像他们把这些符号叫做'尼库德'①:🔡。

"有时,这些点也会斜着来:🔡。

"或者加是一个 T 之类的东西:🔡。"

"为什么要搞得这么复杂呢?"

"为了把字母区分开来,免得混淆。"

"真漂亮!"

"好看!"

我们的小组没有败坏他的兴致。一种激情在我们心中产生,由于克制和压制,也许显得更加强大。我们也像托马斯一样,低声细气,说话时用手挡着嘴。

"我好像觉得,我们是在一本地图册上旅行,语言的地图册。"

"这座山谷就是词典中的词典。"

---

① 意为"加点符号"。

那个戴着小帽子的葡萄牙人求知欲最强：

"这个逗号叫什么，对，就是右边的那个。"

托马斯指着那个 ❦ 。

"对，就是它。"

"那是掌形符。我知道，在阿拉伯语里，人们把它放在某些字母的上面，表示在这个地方发音时，喉咙要弯曲，我们把它叫做声门破裂音。"

"那两个呢，小房子旁边的 ❛❜ ？它们很像是省文撇，而且永远不分开。我说得对吗？"

"它们是古希腊语中的'重符号'和'轻符号'，表示在这个地方要不要发送气音。"

"没想到有那么多音符。"

"才刚刚开始呢！"托马斯说，"我不知道我们是不是有机会看见西藏人。他们像雪人一样，很少露面。"

至此，音符还没有发现我们的到来。它们悠闲地散着步，在互相讨论着什么。传统的

"瓦斯拉"☛① 音符和我们古老的分音符能谈些什么呢？它们相遇的时候，会交换怎样的家庭消息和政治消息呢？

我忍不住也想卖弄一下。

"那个小写的v，也就是倒过来的长音符，我认识，我们是朋友，它叫小钩。它在我们那儿与我们的一个长音符爱得死去活来。"

托马斯只需扫一眼他那个神奇的本子：

"是这样。在捷克语中，它被叫做 Haček。是个小伙子。"

他看了看表：

"时候到了。"

"哦，求求你了，再解释一个吧！"

那些瑞士歌唱家们非要知道中国的音符不可。

我哥哥在他未婚妻的帮助下，在这方面乐

---

① 阿拉伯语中的一种连接符。

此不疲。他解释说，中文不用音而用声。共有四声：阴平，音总是平的；阳平是声音往上；上声是会变化的，先下后上；去声是声音往下。

"你们看，同样的音节，字的意思随着e的发音方式的不同而不同！"

毫无疑问，我哥哥自从离开了小岛之后学到了不少东西！可以清楚地感觉到，他还会这样长期进行下去。这时，他又看了一下表，惊跳起来：

"好了，现在，不开玩笑了。谁先开始？"

# 第 18 章

害羞的人一勇敢起来，谁都无法跟他相比。"克莱芙王妃"重新站起来，在冰冷的寂静中大声地说出了自己的句子，那个秘密的句子她曾在丁小姐耳边嘀咕过：

«Je ne pense qu'a vous, madame, je ne suis occupe que de vous… a peine le jour commence a paraitre que je quitte la chambre ou j'ai passe la nuit pour vous dire que je me suis deja repenti mille fois… de n'avoir pas tout abandonne pour ne vivre que pour vous.»

("夫人，我心里只有你，我一心想着你……天一亮，我就离开我度过夜晚的房间，想对你说，我已经后悔了的一千次……没能为了跟你生活在一起而抛弃一切。")

正如托马斯说过的那样，这些词一从"王妃"的嘴里出来，马上就冻僵了。结果，这个句子在说出来的过程中，在空中形成了一条十分显眼的白色饰带，越来越长。

音符好像疯了一样，全都飞奔而来，朝那个句子冲去，不一会儿就把它覆盖得严严实实，至少是那些跑得最快的。其他音符由于无法着陆，还在空中盘旋——所有的位置都被占满了。

«Jē nè pënsê qú'à võüs, mådämê, jé nè sùĩs ôccûpé qũē dė võū s... à pëinê lë jõūr cømmèncě à päräîtrē qūē jê qũĩttē là châmbrë ỏủ j'âĩ påssé lã nũĩt

pòūr võŭs dîrë quë' jê mê súîs déjà rêpëntï mîllè főís…
dê n'åvõïr päs töŭt äbándőnné pòŭr nē vívrĕ qûê pőŭr võŭs.»

这些黑色的音符，乱七八糟地麇集在她的嘴唇前，把"克莱芙王妃"吓坏了，她哭了起来。这时，西班牙音符"提尔德"①过来干预了。显然，他最有威望。

"好了好了，亲爱的男同胞们，亲爱的女同胞们，对我们的客人要礼貌一点！一个个来。凡是在那里没有事干的，一律离开句子。"

«Je ne pënse qu'à voüs, madame, jé ne suis ôccupé que de vous… à peinê le jour commence à päraîtr ē que je quittë la chambre où j'ai passé la nuit pour võŭs dire que jê mê suis déjà repenti mille fois…

---

① Tilde，意为"波形号"。

dê n'avoir pas tout abandonné pour ne vivre quê pour vous. »

过了一会儿——我觉得那一会儿漫长极了,最后那些滑稽鬼也走了,似乎还有所不甘心。我甚至好像听到它们在嘀咕:"要是再让我们玩玩多好……"

«Je ne pense qu'à vous, madame, je ne suis occupé que de vous… à peine le jour commence à paraître que je quitte la chambre où j'ai passé la nuit pour vous dire que je me suis déjà repenti mille fois… de n'avoir pas tout abandonné pour ne vivre que pour vous. »

一阵微风过来,吹走了那个句子。"克莱芙王妃"在那个句子上加了一个词,重复了三遍:谢谢,谢谢,谢谢。

托马斯擦了擦额头上的汗。葡萄牙人走来，摇晃着他的手臂，说："现在，轮到我了。"托马斯要他别吵了，等到第二天。

# 第 19 章

现在还缺某个人。

我不能说是谁。但在这个我已经认识所有人的人群中,我觉得少了一个人。所有的音符都在那儿,我一再对自己说,它们肯定全都来了,然而……我把自己的这种不愉快的甚至有点痛苦的感觉告诉了我哥哥。他点点头:

"妹,我理解你。我知道你在找谁。你来!"

我们没有走太远。

"别说话,让娜,别说话!否则你会把它们吓跑的。"

我哥哥他在开玩笑。你们能在雪地上无声

地行走，不发出嘎吱声，不让被压碎的冰晶奋起反抗吗？

"你看！"

起初，我只看到岩石当中有一小块方方的苔藓，一汪还没有两指宽的流水在上面穿过。

"看清楚。"

我弯下腰，还是什么都没看见。我觉得自己太像格列佛①了，在那些矮树的上方显得很高大。我不得不趴下来，鼻子都差点碰到那块绿色的苔藓。最后，我终于看清，在一块林中空地里，一群软音符蜷曲着互相靠在一起。

从我母亲给我第一本书开始，我就偏爱这些倒过来的问号。和所有别的音符都不同，它们不装腔作势、神气活现和骄傲自大，而是谦卑地贴在 c 的下面，让它的发音软下来。比如，

---

① 英国作家乔纳森·斯威夫特的游记体讽刺小说《格列佛游记》中主人公。格列佛船长讲述了自己到小人国、大人国经历的故事。

ça 不发"ka",而是发"sa"。

苔藓的细毛刺得我的鼻孔痒痒的,我差点要打喷嚏,幸亏忍住了,否则它们非被我喷出的气流冲走不可。

"如果你知道它们的身世,你会更加喜欢它们。"

我承认我的无知。

"法语中'软音符'(Cédille)这个词来自西班牙语中的'cedilla',它的意思是小 z。"我站起来,白色的长裤上,两团圆圆的泥印弄脏了膝盖。

"它们为什么要这样躲藏起来?"

"乌鸦酷爱它们,可能会把它们当作是小虫子……"

"可怜的软音符!"

"这是它们自己的错。如果太谦逊了,就会被压扁,或者被吃掉。啊,千万别出声!"

"出什么事了?"

"你看见那一小群东西没有?就在那堆崩塌物的脚下。"

我哥哥把声音压得更低,几乎是耳语:

"那些是……西藏的音符。你运气真好!它们很少出现。"

小组的其他成员远远地看着我们探险。我们回去的时候,毫无疑问,他们都想知道我们看见了什么,缠着我们问个没完。但对于他们提出的每个问题,我们都报以沉默的微笑。那一刻,我们感到无比甜蜜。在我们的心里,还有什么比跟自己的兄弟分享秘密更温暖的事呢?

直到晚上,托马斯才在帐篷里向我揭开这种神秘语言的面纱。

它由 30 个辅音和 5 个元音组成。但只有一个元音是完整的字母,即 "a" ཨ ａ。

"其他元音只是一些符号,出现在 "a" 的上面或下面，改变着它的发音。

"འ 这个符号叫做上加字（guigou），放在 ཀ 上面，所以发'i' ཀི 这个音。

"下加字 ུ （chabkyou）也一样，放在下面，发'ou' ཀུ 这个音。"

## 第 20 章

一群群人从山谷里上来,又一群群地离去。

每个人都以自己的方式来征服黑色的小符号。有时,来访者达到了目的,音符轻轻地落在冻僵的句子上。

有时,他们也遭到失败,音符不接受推荐给它们的句子。空手而归的人一脸沮丧,低着头,或气呼呼的。有的失败者还辱骂和诅咒音符。我甚至看见有人拿出了一支步枪,一个疯子在人群中开了枪。谢天谢地,只有两个伤者:长音符的右翼被打断了,反尾形符则不得不从它臀部的脂肪中取出 5 颗铅弹。

在山上度过的那个星期里，我看见了无数名人，他们也像我们一样，来给自己装备或重新装备音符。主要是男女演员和政客。我对他们的名字保密——我发誓过不公开的。你们要知道，摄影记者在山谷里等待着他们，要对他们进行无情的拍摄。麦当娜来了；约翰尼·德普①带着他的瓦内莎也来了；还有古巴强人费德尔·卡斯特罗，他显得非常非常疲惫；俄罗斯总统普京，他总是穿着无袖圆领T恤衫，好像想表明自己不怕冷似的。

不过大部分还是陌生人，一些业余爱好者，像你我这样的人，他们只希望能在句子中找回一点力量。

第五天，就在这无数的陌生人当中，我觉得自己认出了某个人。

---

① 约翰尼·德普，美国电影演员，多次获得奥斯卡最佳男演员提名，年轻人的偶像之一。

我跑到托马斯身边：

"我疯了还是怎么的？"

"你已经疯了。这有什么不同呢？"

"求你了。"

他朝我指着的方向望去：

"啊，天哪！"

他紧紧地抓住我的胳膊，我想，胳膊没被他折断，真是奇了怪了。我发誓，我真的朝地上看了，好像看见我的手掉了下来。我慢慢地抬起头。一个男人和一个女人在我们面前微笑。

他们分属两个不同的团体，不是一起上山的，但他们的微笑同样苍白。从他们同样苍白的微笑中，飞出了两个句子，两个完全一样的句子。

"但愿你能知道，我很想念你。"那个很像我母亲的女人说。

"但愿你能知道，我很想念你。"那个很像我

父亲的男人说。

这两个句子一说出来就被冻住了。

这 11 个完全相同的字说了两遍,这 11 个字被冻了两遍,一动不动地待在空中,显得那么脆弱,那么脆弱……

托马斯的嘴唇凑到我耳边,我感觉到了。他的声音低低的,激动得发颤:

"他们在互相思念,你听到了吗?我们的父

母在互相思念。"

"我听见了。"

"Manchot……"

"你说什么?"

"这个男人或这个女人,缺了对方就成了manchot。"

"你说的是南半球的企鹅?"

"蠢货!我说的是失去一只胳膊的人。法语动词manquer(失去)来自意大利文的mancare,而意大利文的mancare又来自拉丁文的mancus,意思是'残废'、'断臂'。①"

"这些你是怎么知道的?"

"猜的。"

他们一直没有看见我们,只看着他们被冻住的孪生句子。音符们还等什么呢?如果它们

---

① 法语中的manchot同时具有"企鹅"和"独臂"的意思。

动作太慢，句子会融化，我们的父母重新下山时会空手而归，双方都被囚禁在自己无济于事的爱情中。

"我们不能喊它们一声吗？"

"喊谁？"

"音符呀！"

"亏你想得出来！"

"两个闭口音符。我们的父母只需要两个闭口音符。把 manque 变成 Manqué，它们可以做到的！"

可是，白费力气，没有一个闭口音符过来。于是，那个如此像我们的父亲的男人和那个如此像我们的母亲的女人，分别从不同的方向下山去了。

## 第 21 章

我无法入睡。

我不知道你会怎么样,反正,当失眠进入我的头脑时,我便试着跟它说话。

"讨厌的巫婆,你为什么要来妨碍我?谁请你来了?"

通常,它是会回答我的。

失眠太让人憎了,所以有人礼貌地跟它说话时,它是会很高兴的。

这时,失眠回答了。总之,它试着回答:

"你错怪人了,让娜!不是我妨碍你睡觉,而是你的胃。你为什么吃了那么多提拉米苏①?"

----

① 提拉米苏,意大利甜点,是一种带咖啡酒味的蛋糕,由鲜奶油、可可粉、巧克力、面粉制成,最上面是薄薄的一层可可粉。

或者这样回答:

"让娜,我很希望能严肃地跟你谈谈你的未来。你将来想当护士还是宇航员?这不是同一回事,让娜。你的数学很好,是吗?"

但那天晚上,我们在高山上的最后一个晚上,沉默。我白问了,失眠一直不开口。也许它也忍受不了缺氧?

我感到很热,尽管外面很冷(封住帐篷,托马斯自豪地说外面零下23摄氏度!),这是一种从未有过的炎热,一种非常温和的高烧。

一场潮汐涌来,一心想把我带走。

"我怎么了?"

于是我打开了我的电脑,那是我密不可分的朋友,最有用的旅伴。有了它,我在任何地方都可以阅读。它在任何情况下都不会让你感到烦闷和孤独。

我开始还以为手腕凹陷处的那个黑点是个小动物,后来我想,应该是个文身。

※
※ ※

我慢慢地撩起衣袖。我有理由感到害怕：文身在继续。一些音符沿着我的手臂往上爬！可我毕竟不能当着我哥哥的面脱衣服，但我感觉到我的全身都爬满了东西。那种火辣辣的感觉也许就是因此而来，从发梢一直传到脚趾。谁能在我毫无知觉的情况下这样给我文身呢？文身通常是很痛的。

我惊慌地叫醒了托马斯，如果可以说"叫醒"的话。因为他嘟哝了一句"又怎么了"之后，转过身，又睡着了。

※
※ ※

帐篷的帆布慢慢地亮了起来，这是天亮的迹象。抗忧虑，我有良方，我现在就给你们。第一个方子，就是去问候太阳。

我走出帐篷。

一轮金色的太阳慢慢地爬到山上,就像人们从下面的平原上,从一个遥远的游乐场扔过来的一个巨大的球。起得那么早的并不是我一个人。有些孩子把塑料袋带到山坡上,然后小心地裹住自己的屁股,从上面滑下来。他们的笑声响彻群山。我上前指责他们:这样会引起雪崩的,但他们笑得更大声了:

"哦,恋爱中的女孩!她谈恋爱了!"

他们围着我转起来,就像印第安苏人①在献祭之前所做的那样。

我奋力摆脱这些可恶的顽童。

在雪山的另一头,行走着一个要安静得多的人,一个中年人。他一副忧心忡忡的样子。我走过去向他打招呼,发现他的脸上也有跟我一样的印记。

---

① 北美大平原印第安民族或民族联盟,操苏语,通常称为苏人。

"您发现了吗,先生?我们都一样。我们这是怎么了?"

"我不知道您是干什么的。我是作家。"

"那怎么回事?为什么这些音符都停在您的皮肤上?"

"我酝酿了一个故事,好多年了,让娜,我想,会是一个非常精彩的故事。可是,我很难,不知道您能不能理解,我很难让它从我的脑海里出来,于是这些音符就来帮我的忙。正如它们来帮你的忙一样,让娜。"

"我不明白。"

"一个讲不出来的故事,就像一种不敢承认的爱情。"

"您的意思是说……不知不觉中……我最终还是像那些孩子所喊的那样,恋爱了?"

这时,只有在这个时候,我才变得聪明了一点:那个电子警察,布雷斯特的守护神,那个身上很香、肚子里有很多故事的巨人,他从来就没有离开过我。上山的每一步,我都在不停地想念他。过去的每一个小时我都觉得很空虚,因为他不在我身边。

"先生,音符究竟有什么用呢?"

"它们会唤醒我们,让娜。它们会到我们身上来寻找我们最棒的东西,它们来强化我们的生活,使它变得更丰富多彩,正如它们的名字所表示的那样①。您能陪我一段吗?站在岬角,可以看到山谷。你的恋人就住在下面,我没弄错吧?您不想稍微跟他打个招呼?"

"啊,我们站得太远太高了,他看不见我们。"

"谁知道呢?"

---

① 法语中,动词"强化"accentuer 与名词"音符"accent 系同一词根。